Auch ich war in Arkadien

Joseph von Eichendorff

Da säß ich denn glücklich wieder hinter meinem Pulte, um dir meinen Reisebericht abzustatten. Es ist mir aber auf dieser Reise so viel Wunderliches begegnet, daß ich in der Tat nicht recht weiß, wo ich anfangen soll. Am besten, ich hebe, wie die Rosine aus dem Kuchen, ohne weiteres sogleich das Hauptabenteuer für dich aus.

Du weißt, ich lebte seit langer Zeit fast wie ein Einsiedler und habe von der Welt und ihrer Julirevolution leider wenig Notiz genommen. Als ich meinen letzten Ausflug machte, war eben die Deutschheit aufgekommen und stand in ihrer dicksten Blüte. Ich kehrte daher auch diesmal nach Möglichkeit das Deutsche heraus, ja ich hatte mein gescheiteltes Haar, wie Albrecht Dürer, schlicht herabwachsen lassen und mir bei meinem Schneider, nicht ohne gründliche historische Vorstudien, einen gewissen germanischen Reiseschnitt besonders bestellt. Aber da kam ich gut an! Schon auf dem Postwagen dieser fliegenden Universität in den nächsten Kaffeehäusern, Konditoreien und Tabagieen konnte ich mit ebensoviel Erstaunen als Beschämung gewahr werden, wie weit ich in der Kultur zurück war.

Die Deutschen, fand ich, waren unterdes französisch, die Franzosen deutsch, beide aber wiederum ein wenig polnisch geworden; jeder wenigstens verlangt das liberum veto für sich und möchte in Europa einen großen polnischen Reichstag stiften. Ich gestehe, daß mir weder das Polnische noch das Französische so gar geläufig ist, und ich stand daher ziemlich verblüfft da in meinem altdeutschen Rocke. Doch zur Sache:

Eines Tages kehrte ich in dem, dir wohl noch bekannten, großen Gasthofe »Zum goldenen Zeitgeist« ein. Das war, wie du dich erinnern wirst, zu unserer Zeit die ästhetische Börse der Schöngeister, wo wir bei einem Schoppen saueren Landweines gemütlich die Valuta und den täglichen Kurs der Poeten notierten. Da ging es damals ziemlich still her, denn wir hatten alle mehr Witz als Geld. Höchstens einige Gitarrenklänge, ein paar Toasts, oder ein leidlicher Lärm, wenn wir um Schlegels »Lucinde« zankten, oder einen zufällig verlaufenen Kotzebuaner herausschmissen. Ich frug sogleich eifrig nach den alten Gesellen. Aber sie waren wie verschollen, man wollte sich nicht einmal ihrer Namen mehr zu entsinnen wissen. Einen nur wies mir der Kellner mit ironischem Lächeln nach: vom »Goldenen Zeitgeiste« links ab, die erste Quergasse rechts, dann ins nächste Sackgäßchen wieder halb links ab bis ans Ende ich glaube, der ironische Kellner wollte mich zur Welt hinausweisen. Nun ist es allerdings richtig: einige hat seitdem der Pegasus abgeworfen, andere haben ihn selbst abgeschafft, weil er Futter braucht und keines gibt. Genug, auch hier war alles verwandelt.

Dagegen verspürte ich jetzt im Hause eine wunderliche Unruhe; ein scharfer Zugwind pfiff durch alle Gänge, die Türen klappten heftig auf und zu, fremde Leute mit sehr erhitzten Gesichtern rannten hin und her, besprachen sich heimlich miteinander und rannten wieder, kurz: ein Rumoren, Gehen und Kommen treppauf treppab, als wollte der ganze Zeitgeist plötzlich mit der Schnellpost aufbrechen.

Noch mehr aber stieg meine Verwunderung, als ich des Abends mich zu der Fremdentafel begab. Schon beim Eintritt in den langen gewölbten Eßsaal fiel mir eine Reihe hoher Betpulte auf, die an den Wänden aufgestellt waren. Vor den Pulten knieten viele elegant gekleidete Herren jedes Alters und beteten mit großer Devotion aus aufgeschlagenen Folianten, in denen sie von Zeit zu Zeit geräuschvoll blätterten. Andere schritten eifrig im Saale auf und nieder, schienen das eben Gelesene mit vieler Anstrengung zu memorieren. Ich hielt jene Folianten für Evangelienbücher oder Missalien, mußte aber, da ich an den Pulten einmal näher vorüberzustreifen wagte, zu meinem Erstaunen bemerken, daß es kolossale Zeitungen waren, englische und französische.

Als mich endlich einige dieser Devoten gewahr wurden, kamen sie schnell auf mich zu und begrüßten mich mit einer sonderbaren kurzen Verneigung nach der linken Seite hin, wobei sie mich schroff ansahen und irgendeine Erwiderung zu erwarten schienen. Diese linkische Begrüßung wiederholte sich, sooft ein Neuer ankam, worauf, wie ich bemerkte, jeder Eintretende sogleich ernst und stolz mit einem kurzen: »Preßfreiheit, Garantie« oder »Konstitution« antwortete. Ich muß gestehen, mir war dabei ein wenig bang zumute, denn, je mehr der Saal sich allmählich füllte, je mehr wuchs ein seltsames, geheimnisvolles Knurren und Murmeln unter ihnen, allerlei Zeichen und Gewirre. Ja der Kellner selbst, als er mir den Speiszettel reichte, kniff mich dabei so eigen in die Finger, daß ich in der Angst unwillkürlich mit einem Freimaurerhändedruck replizierte; aber weit gefehlt! der Kerl wandte schon wieder mit seinem fatalen ironischen Lächeln mir verächtlich den Rücken.

Bei Tische selbst aber präsidierte ein großer, breiter, starker Mann mit dickem Backenbart und Adlernase, den sie den Professor nannten. Nachdem er gleich beim ersten Niedersitzen einen Sessel eingebrochen und mit dem Ellenbogen einige Gläser umgeworfen hatte, streifte er sich beide Ärmel auf, und begann mit einem gewissen martialischen Anstande den Braten zu zerlegen. Nichtsdestoweniger harangierte er zu gleicher Zeit die Gesellschaft in einer abstrakten Rede über Freiheit, Toleranz, und wie das alles endlich zur Wahrheit werden müsse. Dabei langte er über den halben Tisch weg bald nach dem Salzfaß, bald nach der Pfefferbüchse, und schnitt und trank und sprach und kaute mit solchem Nachdruck, daß er ganz rotblau im Gesichte wurde. Aller Augen hingen an seinem glänzenden Munde, nicht ohne schmachtende Seitenblicke auf den Braten, denn er aß beim Vorschneiden in der Tat nicht nur das Beste, sondern fast alles allein auf. Einige benutzten die Momente, wo er den Mund zu voll genommen hatte, um selbst zu Worte zu kommen; sie gaben von dem vorhin Memorierten, wie ich leicht bemerken konnte, da ich selbst vor dem Essen auf meiner Stube im »Moniteur« geblättert hatte. Nur ein einziger, ein neidgelber schlanker Mensch, der bei dem Vorschneiden des Professors so seine eigenen Gedanken zu haben schien, unternahm es, dem letzteren mit scheuer, dünner Stimme zu widersprechen. Die Toleranz, wagte er zu meinen, könne nur dann eine Wahrheit werden, wenn beim Essen wie im Staat, jeder Gast und jedes Volk seinen Braten und seine Freiheit appret für sich habe usw. Der Unglückselige! Erschrocken sahen die andern den Professor an, wie er es aufnähme. Dieser aber geruhete, zwischen den Weinflaschen hindurch einen zornigen, zerschmetternden Blick auf den Sprecher zu schleudern. Da sprang sogleich die ganze Gesellschaft von den Stühlen auf, nahm den Dünnen ohne weiteres in ihre Mitte, und, eh ich mich besinnen konnte, war er zum Saale hinaus, ich sah nur seine Rockschöße noch um den Türpfosten fliegen. Darauf ergriff jeder sein volles Glas, drängte sich um den Professor und trank ihm, mit einer tiefen Verbeugung, auf die untertänigste Gesundheit der Freiheit zu.

Jetzt wurde, mit nicht geringem Lärm, noch eine Menge anderer Toasts ausgebracht, die ich dir nicht zu nennen vermag; es schienen sämtliche Begriffe aus des Professors

»Kompendium des Naturrechts« zu sein. Ich weiß nur, daß nach und nach die Zungen, dann die Köpfe schwer und immer schwerer wurden, bis zuletzt alle, wie nasse Kleidungsstücke, rings über den Stühlen umherhingen. Die Kerzen flackerten verlöschend durch den weiten, stillen Saal und warfen ungewisse Scheine über die bleichen, totenähnlichen Gesichter der Schlafenden. Mir ward ganz unheimlich; ich sah unwillkürlich in meinen Taschenkalender und gewahrte mit Schauern, daß heute Walpurgis war.

Nur der Professor allein hatte sich aufrecht erhalten, der konnte was vertragen. Er schritt mächtig im Saale auf und nieder, seine Augen rollten, sein Kopf dampfte sichtbar aus den emporgesträubten Haaren. Auf einmal blieb er dicht vor mir stehen, und maß mich mit den Blicken vom Scheitel bis zur Zehe. »Sie gefallen mir«, sagte er endlich, »solche Leute können wir brauchen. Sehn Sie hier in die Runde: die matten Wichte da sind von dem bißchen Patriotismus schon umgefallen.« Ich wußte nicht, was ich entgegnen sollte. Er aber schritt noch einmal den Saal entlang, dann sagte er plötzlich: »Kurz und gut, solche Stunde kehrt so leicht nicht wieder. Wollen Sie mit mir auf den Blocksberg?« Ich sah ihn groß an, da er aber noch immer fragend vor mir stand, wandte ich im höchsten Erstaunen meine Aufklärung ein, schon Nicolai und Biester hätten ja längst bewiesen »Ach dummes Zeug!« erwiderte er, »das ist ja eben die Aufklärung!«

Hier wurden wir durch ein schallendes Gewieher von draußen unterbrochen. Ich trat an das Fenster und bemerkte obgleich wir uns im zweiten Stockwerk befanden dicht vor den Scheiben ein gewaltiges, störriges und sträubiges Roß, das mit flatternder Mähne in der Luft zu schweben schien. Der Kellner, in einen roten Carbonarimantel gehüllt, hielt das Pferd mit großer Anstrengung an einer langen Leine fest. Ich hätte es ohne Bedenken für den Pegasus gehalten, wenn es nicht Schlangenfüße und ungeheure Fledermausflügel gehabt hätte. »Jetzt nur nicht lange gefackelt, es ist die höchste Zeit!« rief der Professor, schlug mit einem Ruck die Scheiben ein, schob mich durchs Fenster auf das Roß, schwang sich hinter mich, und, wie aus einer Bombe geschossen, flogen wir plötzlich zwischen den Giebeln und Schornsteinen in die stille Nacht hinaus.

Mir vergingen Atem und Gedanken bei diesem unverhofften Ritt; ich war es ganz ungewohnt, mich so ohne weiteres über alles Bestehende hinwegzusetzen und zwischen Himmel und Erde in leerem Nichts zu schweben. Mein Begleiter dagegen, wie ich wohl bemerken konnte, schien sich hier erst recht zu Hause zu befinden. Zwischen Schlaf und Wachen die Marseillaise sumsend, schmauchte er behaglich einen Zigarren, und bollerte nur von Zeit zu Zeit ungeduldig mit seinen Stiefeln an die Rippen unserer geflügelten Bestie. Da hatte ich denn Muße genug, mich nach allen Seiten hin umzusehen. Tief unter uns lag es wie eine Länder-charte: Städte, Dörfer, Hügel und Wälder flogen wechselnd im Mondschein vorüber. Nur an manchen einzelnen Flecken schien die Nacht wunderlich zu gären. Ungeheuere Staubwirbel schlangen sich durcheinander, und sooft der Wind den Qualm auf Augenblicke teilte, er schien es darunter wie kochende Schlammvulkane.

Vor uns aber im Grau der Nacht stand, allmählich wechselnd, eine große, dunkele Wolke; ich erkannte bald, daß es der Blocksberg war, auf den wir zuflogen. Je näher wir kamen, je mehr füllte die Luft sich ringsumher mit seltsamem Sausen, fernem Rufen und dem Geheul vaterländischer Gesänge. Zahllose Gestalten huschten überall durch den Wind, an denen wir aber, da sie schlechter beritten waren, pfeifend vorüberrauschten. Mit

Verwunderung bemerkte ich unter ihnen bekannte Redakteurs liberaler Zeitschriften, sie ritten auf großen Schreibfedern, welche manchmal schnaubend spritzelten, um den guten Städten unten, die rein und friedlich im Mondglanze lagen, tüchtige Dintenkleckse anzuhängen.

Bald konnten wir nun auch die einzelnen Konturen und Felsengruppen des Berges selbst deutlich unterscheiden. »Sehen Sie nur, wie es da wimmelt!« rief mir mein Professor zu, indem er endlich den Schlaf aus den Augen wischte und sich auf dem Rücken des Tieres vergnügt zurechtrückte. Und in der Tat, aus allen Steinritzen und Felsenspalten unten sah ich unabsehbare Scharen aufducken, klettern und steigen, oft plötzlich über das lockere Gerölle hinabschurrend und immer wieder unverdrossen emporklimmend. Mein Gott, wo kommt alle der Plunder her! dachte ich bei mir. Da hörte ich auf einmal Gesang erschallen. Es war eine Prozession weißgekleideter liberaler Mädchen, die sich abquälten, einen gestickten Banner zu dem Feste hinaufzutragen. Der Wind zerarbeitete gar wacker die große Fahne, in deren flatternde Zipfel, sooft sie die Erde streiften, sich Eidechsen und dicke Kröten anhingen. Noch schlimmer schien es weiter unten mehreren anständig gekleideten Männern zu ergehen, die sich vergeblich dem anderen lustigen Gesindel nachzukommen bemühten. Der Professor rieb sich lustig die Hände. »Es geschieht ihnen schon recht«, sagte er, »das sind die Doktrinärs, halb des Himmels und halb des Teufels, sie wollen es mit keinem verderben.« Ich konnte nun deutlich vernehmen, wie diese Unglücklichen jede, an ihnen vorüberhuschende Gestalt mit weitläufigen Demonstrationen beredt harangierten. Aber, ehe sie sich's versahen, kehrte ein fliegender Besen sich schnell in der Luft um und schlug ihnen die Hüte vom Kopf, oder ein Bock, den sie eben überzeugt zu haben glaubten, stieß sie plötzlich von der mühsam erklommenen Höhe kopfüber wieder hinab. Noch lange hörte ich sie aus ferner Tiefe kläglich rufen: »Nehmt uns mit, nehmt uns doch mit!« worauf jedesmal ein schadenfrohes Gelächter aus allen Schluften erschallte.

Lärm, Gewirre, Drängen, Fluchen und Stoßen nahmen jetzt mit jeder Minute betäubend zu. Von Zeit zu Zeit aber schoß zwischen dem Gestrüpp und Geklüfte eine ungeheure goldflammende Schlange, wie glühende Lava das unermeßliche Getümmel plötzlich beleuchtend, den ganzen Berg hinunter, und ein allgemeines »Hurra« begrüßte sie vom Gipfel bis in die tiefsten Gründe hinab. Ich glaubte, das gölte unserer Ankunft, und dankte, mit gebührender Höflichkeit mein Haupt entblößend. »Aber sind Sie toll?« fuhr mich der Professor zornig an, indem er mir den Hut bis über die Augen wieder aufstülpte »solche servile Gewohnheiten deutschen Knechtsinns!«

Hier stießen wir, etwa in der Mitte des Berges, plötzlich ans Land. Unser Roß wälzte sich sogleich zur Seite und nahm, nach dem ermüdenden Fluge, ein Schlammbad. Wir aber drangen weiter vor. »Halten Sie sich nur an meinen Rockschoß«, rief mir der Professor zu, und machte ohne Umstände mit beiden Ellenbogen Platz. Da konnte ich bemerken, in welchem Ansehen der starke Mann hier stand. Von allen Seiten wichen die Wimmelnden, so gut es gehen wollte, ehrerbietig aus, obgleich es mir vorkam, als zwickten sie, sooft er sich wandte, mich hinterrücks heimlich in die Waden.

Unter solchen Gewaltstreichen erreichten wir endlich eine Restauration, die, ziemlich geschmacklos, sich unter einem dreifarbigen Zelte befand, auf welchem ein fuchsroter alter Hahn saß und unaufhörlich krähte. *Sieben Pfeifer* saßen zur Seiten auf einem Stein und bliesen das Ça ira von Anfang bis zu Ende und wieder und immer wieder von vorn, so langweilig, als bliesen sie schon auf dem letzten Loche. Auf der *Tribüne* der Restauration aber stand der *Wirt* und schrie mitten durch das Geblase mit durchdringender Stimme seine Wunderbüchsen und Likörflaschen aus: Konstitutionswasser, doppelt Freiheit! usw. Unten schossen Kinder Burzelbäume und warfen jauchzend ihre roten Mützchen in die Luft, das Volk war wie besessen, sie würgten einander ordentlich, jeder wollte sein Geld zuerst los sein.

Hatt ich nun aber den Professor schon im »Goldenen Zeitgeist« bewundert, so mußte ich ihn jetzt fast vergöttern. Stürzte er doch fünf, sechs Flaschen abgezogener Garantie hinunter, ohne sich zu schütteln, und fand zuletzt alle das Zeug noch nicht scharf genug! Auch ich mußte davon kosten, konnte es aber nicht herunterbringen, so widerlich fuselte der Schnaps. »Alles Pariser Fabrikat!« rief mir der Professor zu. »Muß auf dem Transport ein wenig gelitten haben«, erwiderte ich bescheiden. »Kleinigkeit!« mengte sich der Wirt herein, »man tut etwas gestoßenen Pfeffer daran, die Leute mögen's nicht, wenn es sie nicht in die Zunge beißt.«

Währenddes war der Professor schon mit beiden Füßen in ein Paar dicke Schmierstiefeln gefahren; ich mußte eiligst desgleichen tun. »Wir müssen nun immer weiter hinauf«, sagte er, »wer mit der Zeit fortgehen will, der muß sich vorsehn, da geht's durch dick und dünn.« In der Tat begann nun auch von allen Seiten ein allgemeiner Aufbruch, als wenn man kochenden Brei im Kessel umrührte. Bald darauf aber schien der ganze Zug an der Spitze auf einmal wieder in Stocken zu geraten. Es entstand vorn ein Drängeln und Wogen, dann ein heftiges Gezänk, das sich nach und nach, wie ein Lauffeuer, nach allen Richtungen hin verbreitete; man konnte zuletzt durch den Lärm nur noch einzelne grobe Stimmen deutlicher unterscheiden, die beinah wie Rebellion klangen. »Was gibt's denn?« schrie der Professor voller Ungeduld. Da kamen mehrere junge Doktoren plötzlich herangestürzt, schreckensbleich und mit allen Zeichen der Verzweifelung, der eine hatte seinen Hut, der andere seinen Rockschoß in dem Getümmel verloren. »Alles aus!« riefen sie atemlos, »sie wollen hier bei der Schnapsbude bleiben, es geht ein Schrei durchs ganze Volk nach Braten und Likör, sie mögen nichts von Freiheit und Prinzipien mehr wissen, sie wollen durchaus nicht weiter fortschreiten!« »So fraternisiert doch mit dem Lumpengesindel«, riet der Professor. »Zu spät!« entgegneten jene, »sie sind alle schon betrunken. O unsere Reputation! Was wird die öffentliche Meinung sagen? wir kommen um ein Dezennium zurück!« »Nun so soll sie doch!« donnerte der Professor mit seiner Stentorstimme ganz wütend in das dickste Getümmel hinein, »wollt ihr wohl frei und patriotisch und gebildet sein in des Teufels Namen!« Hiermit stemmte er mit hinreißender Gewalt seinen breiten Rücken gegen die rebellische Masse, die entlaufenen Doktoren und andere Honoratioren folgten mutig seinem Beispiel, die liberalen Mädchen mit ihrer Fahne wallten singend voran, die sieben Pfeifer spielten auf und so rückte über lüderliche Handwerker und betrunkene alte Weiber hinweg, die noch auf dem Boden keiften, die ganze Konfusion unter dem ungeheuersten Lärm und Gezänke langsam der Höhe zu.

Mir klopfte das Herz, als wir uns endlich der Stelle näherten, wo der berühmte Hexenaltar steht; ich blickte nach allen Seiten, ob nicht bald eine Teufelsklaue aus den Nebeln langte, die, wie Drachenleiber, vor uns den Boden streiften. Auf einmal tat es einen kurzen matten Blitz, als wenn es dem Himmel von der Pfanne gebrannt wäre. Was auch der

Professor sagen mag, ich laß es mir nicht ausstreiten, ich sah damals einen Kerl mit Kolophonium und Laterne schnell hinter den einen Felsen huschen. Eh ich indes noch darüber reiflich nachdenken konnte, erfolgte ein zweiter, ordentlicher Blitz, das Nachtgewölk teilte sich knarrend und auf dem Hexensteine vor uns, in bläulicher bengalischer Beleuchtung, stand plötzlich ein ziemlich leichtfertig angezogenes Frauenzimmer zierlich auf einem Beine, beide Arme über sich emporgeschwungen, zu ihren beiden Seiten zwei elegant gekleidete junge Männer in Schuh und Strümpfen und Klapphüte unter den Armen, mit den beiden anderen Armen über dem Haupte der Dame in malerischer Stellung einen luftigen Schwibbogen bildend.

In demselben Augenblick lag auch die ganze Schar der Wallfahrer mit den Angesichtern auf den Boden gestreckt, in tiefster Anbetung versunken. Ich erschrak, als ich fragend um mich her schaute und mich auf einmal als den einzigen Aufrechtstehenden befand in der kuriosen Gemeine. »Die öffentliche Meinung!« rief da leise eine Stimme hinter mir, und zugleich fühlte ich ein Paar Fäuste so derb in beiden Kniekehlen, daß ich gleichfalls auf meine Knie hinstürzte.

Als ich einigermaßen wieder zur Besinnung gekommen war, stand mein Professor schon vor dem Altar und hielt eine gutgesetzte Rede an die öffentliche Meinung. Er sprach und log wie gedruckt: von ihren außerordentlichen Eigenschaften, dann von den Volkstugenden, von der Preßfreiheit und dem allgemeinen Schrei darnach. Ich aber wußte wohl, was sie geschrieen hatten und wer eigentlich gepreßt worden war.

Die Rede dauerte erstaunlich lange. Die arme öffentliche Meinung konnt es kaum mehr aushalten, sie stellte sich bald auf dieses bald auf jenes Bein, das andere vor sich in die Luft streckend, wie eine Gans, die Langeweile hat. Da hatte ich denn Zeit genug, sie mir recht genau zu betrachten. Sie trug ein prächtiges Ballkleid von Schillertaft, der bei der bengalischen Beleuchtung wechselnd in allen Farben spielte, ihre Finger funkelten von Ringen, von der Stirn blitzte ein ungeheueres Regardez-moi, aber alles, wie mir schien, von böhmischen Steinen. Übrigens war sie etwas kurzer, derber Konstitution, daher stand sie auf dem Kothurn, während dicke Sträuße hoher Pfauenfedern von ihrer turmähnlichen Frisur herabnickten. Ein leises Bärtchen auf der Oberlippe stand ihr gar nicht übel; dabei aber hatte sie ein gewisses Air enragé, ich weiß nicht, ob von Schminke, oder von der gezwungenen Stellung, oder ob sie gleichfalls gegen die Nachtluft einen Schnaps genommen hatte.

Währenddes war der Professor allmählich in seiner Redewut fast außer sich geraten. »Triumph! Triumph!« schrie er ganz rotblau im Gesicht, »das Volk hat sich selbst geistig emanzipiert. Die Augen Europas was sag ich Europas! des Weltbaues, sind in diesem hochwichtigen Augenblick auf uns gerichtet. Ja, wenn man mich hier niederwürfe und knebelte, die Gewalt der Wahrheit würde den Knebel aus dem Munde speien, und gefesselt von dem Boden noch würde himmelwärts ich schreien: ›Es werde Licht, es weiche die Finsternis, nieder mit der Zensur!‹«

Ein ungeheueres Bravogebrüll donnerte den ganzen Berg hinab und wieder herauf. Einige Stimmen riefen: »Da capo!« Der Professor, der sich unterdes ein wenig erholt hatte, schickte sich auch unverdrossen an, von neuem loszulegen, und ich glaube in der Tat, er spräche noch heut, wenn die öffentliche Meinung, die sich seit geraumer Zeit schon zu ennuyieren schien, nicht schnell vom Altar herabgesprungen wäre, sein Haupt mit ihrem Fächer berührend, als wollte sie ihn zum Ritter schlagen.

Darauf rauschte sie in ihrem Taftgewande wohlgefällig durch die Reihen ihrer Getreuen. Da entstand aber bald ein außerordentliches Gedränge um sie her. Jeder wollte wenigstens den Saum ihres Kleides küssen, wobei sie denn manchem mit ihrem Pantöffelchen unversehens einen derben Tritt versetzte, oder wohl auch ihr Schnupftuch fallen ließ und sich dann totlachen wollte, wenn sie sich darum rissen, um es ihr zu apportieren. Viele junge Autoren umschwärmten sie von allen Seiten und suchten sich durch elegante Konversation und politische Witze bei ihr zu insinuieren, während sie jeden Laut aus dem Munde der Angebeteten eifrig in ihre Etuikalender notierten. Mehrere ernstere Männer dagegen schritten nebenher und lasen ihr mit lauter Stimme die schönsten Paragraphen ihrer neuen Kompendien vor. Sie aber ließ ihre spielenden Augen durch die Scharen ergehen, und hatte gar bald einen Studenten erspäht, der, unablässig nach Freiheit schreiend, sich mit Ziegenhainer und Kanonen in dem Gedränge Bahn machte. Er war auf seinem Stiefelknecht hergeritten, ein junger Bursch von kräftigem Gliederbau, mehr Bart als Gesicht, mehr Stiefel als Mann. Sie winkte ihn heran, hing sich ohne weiteres an seinen Arm und, eh ich's mich versah, war sie mitten durch das Getümmel im Dunkel der verschwiegenen Nacht mit ihm verschwunden.

Ich schaute dem Paar, ganz erstaunt, noch lange nach, wäre aber dabei um ein Haar umgerannt worden. Denn die anderen schienen eben nicht viel aus dem Verschwinden zu machen vielmehr sah ich sie nun, mit einer mir unerklärlichen Geschäftigkeit, plötzlich in großer Eile hin und her laufen, den Professor mitten unter ihnen, voller Eifer anordnend, rufend und treibend. Einige hatten sich an den Zipfel eines vorüberfliegenden Nebelstreifs gehängt und bogen ihn herunter, andere rollten ein leichtes Gewölk wie einen Vorhang auf, während wieder andere sich wunderlich in eine schwere dicke Wolke hineinarbeiteten, die sich auch wirklich nach und nach in Bäume, Felsen und Häuser zu gestalten anfing. Im Hintergrunde aber schien sich ein seltsames Wolkengerüst mit Logen und Galerien langsam aufzubauen, alles Grau in Grau, dazwischen pfiff ein heftiger Zugwind, daß ich meinen Hut mit beiden Händen auf dem Kopfe festhalten mußte, und die Fackeln warfen wilde rote Streiflichter zwischen die Wolkengebilde, überall ein chaotisches Dehnen und Wogen, als sollte die Welt von neuem erschaffen werden. Vom Professor erfuhr ich endlich im Fluge, daß man in aller Geschwindigkeit eine Bühne einrichte, um vor den Augen der öffentlichen Meinung sich die Zukunft ein wenig einzuexerzieren.

In der Tat, ich bemerkte nun auch bald, wie jene Galerien sich allmählich mit Zuschauern füllten, aber lauter nur halbkenntliche Gestalten, deren Gliedmaßen nebelhaft auseinanderzufließen schienen; ich glaube, es war auch ein zukünftiges Publikum, das in der Eile noch nicht ganz fertig geworden war, aber doch schon sehr laut plauderte. Nur die Hauptloge stand noch leer; sie war prächtig ausgeschmückt, über ihr funkelte eine Sonne in Brillantfeuer, deren Gesicht, zu meinem großen Erstaunen, grauenhaft die Augen rollte und bald schmunzelte, bald gähntc. Endlich erschien die öffentliche Meinung mit bedeutendem Geräusch in der Loge, das ganze Publikum stand auf und verneigte sich ehrerbietig. In demselben Augenblick wurde ein Böller gelöst und, ohne Ouvertüre, Prolog oder anderen Übergang, ging unten sogleich die Zukunft los.

Zuerst kam ein langer Mann in schlichter bürgerlicher Kleidung plötzlich dahergestürzt, ein Purpurmantel flog von seiner Schulter hinter ihm her, eine Krone saß ihm in der Eile etwas schief auf dem Haupt; dabei die Adlernase, die kleinen blitzenden Augen, die flammendrote Stirn: er war offenbar seines Gewerbes ein Tyrann. Er schritt hastig auf und ab, sich manchmal mit dem Purpurmantel den Schweiß von der Stirn wischend, und studierte in einem dicken Buche über Urrecht und Menschheitswohl, wie ich an den großen goldnen Buchstaben auf dem Rücken des Buches erkennen konnte. Ein Oberpriester im Talar eines ägyptischen Weisen schritt ihm mit einer brennenden Kerze feierlich voran. Ich hätte beinah laut aufgelacht: es war wahrhaftig niemand anders, als mein Professor! Er hatte nicht geringe Not hier, denn, um immer in gehöriger Distanz voranzubleiben, suchte er, halb rückwärts gewendet, Schnelligkeit und Richtung in den Augen des Tyrannen vorauszulesen, der oft anhielt, oft plötzlich wieder rasch vorschritt und dem Professor unverhofft auf die Fersen trat. Auf einmal blieb der Tyrann mit über der Brust verschränkten Armen, wie in tiefes Nachsinnen versunken, stehen. Dann, nach einer gedankenschweren Pause, rief er plötzlich: »Ja, seid umschlungen, Millionen! Es weiche die Finsternis, nieder mit der Zensur!« Da klatschte die öffentliche Meinung von neuem, die anderen folgten, der Tyrann verneigte sich, die Krone vom Kopfe lüftend, und verschwand mit Würde hinter den Wolkenkulissen.

Jetzt blieb der Professor in seinem Priestertalar allein zurück. Er schien die Exposition des Ganzen machen zu wollen und freute sich in einem salbungsreichen Monologe weitläufig über die gute Applikation des Tyrannen, wie er schon seit geraumer Frist sich auf den Patriotismus lege und es sich recht sauer werden lasse, mit der Zeit fortzuschreiten usw. Während er so deklamierte, traten noch andere und immer mehrere Oberpriester von allen Seiten herzu, jeder von ihnen hatte gleichfalls ein brennendes Licht in der Hand. Sie verneigten sich erst verbindlich einer vor dem anderen und drückten dann ihr gerechtes Erstaunen aus, wie sie in Behandlung des Tyrannen und sonst im Fache der Vaterländerei bereits so Großes vollbracht, wobei sie sich wechselseitig auf das vergnüglichste lobten. Das schien aber nicht ernstlich gemeint, denn jeder Lobende wandte sich jedesmal mit einem verächtlichen Achselzucken von dem eben Belobten und suchte ihm heimlich von seinem tropfenden Lichte einige Kleckse auf den weißen Talar beizubringen, bei welcher Gelegenheit ich dann bemerkte, daß ihre Kerzen bloße Talglichter waren und einen üblen Dunst verbreiteten.

Zwei von den Oberpriestern schienen besonders ihr vertrauliches Stündchen zu haben. Sie nahmen eine Prise Tabak zusammen und beklagten sich, daß es so langsam ginge in der Welt. Sie würden endlich auch alt und schäbig, und ihre Kerzen brennten sie bald auf die Finger. Das Volk werde es am Ende noch merken, daß sie den Tyrannen nur darum in solchen Edelmut und Resignation brächten, um dann selber auf seinem Throne Platz zu nehmen und kommode zu regieren, wie es ihnen eben konveniere. Jeder von ihnen habe doch unten, der eine sein Schätzchen, die durchaus Königin, der andere einen lüderlichen Vetter, der Minister werden wolle. Vergeblich hustete der Professor immer lauter und lauter, vergebens schimpfte er halbleise: »Seid ihr betrunken, daß ihr das alles hier vor dem Volke ausplaudert!« Endlich erscholl ein Schrei des einen plauderhaften Oberpriesters; der Professor hatte dem Unglücklichen insgeheim auf sein bestes Hühnerauge getreten.

Glücklicherweise indes war das ganze Gespräch nicht bis zu den Ohren der öffentlichen Meinung gekommen. Diese hatte schon lange nicht mehr aufgepaßt, sie schwatzte mit ihren Nachbarn, bog sich weit aus der Loge hervor und musterte das Publikum durch ihr Opernglas. Der Schrei des Getretenen erregte endlich ihre Aufmerksamkeit. Sie meinte, sie hätten da unten wieder einen philosophischen Zank, was sie jederzeit gewaltig langweilte. Sie ergriff daher rasch ihre Papageno-Flöte, die sie beständig am Halse trug, und fing in ihrer Launenhaftigkeit einen Contre-Tanz zu blasen an. Umsonst protestierten die erschrockenen Oberpriester, das liege ja gar nicht im Plane des Stückes, es half alles nichts, sie mußten, ohne alles vernünftige Motiv, nach ihrer Pfeife tanzen. Das war wie ein Fackeltanz betrunkener Derwische, die langen Habite flogen, bläuliche Irrlichter, wie sie sprangen, schlugen foppend zwischen ihnen aus dem Boden auf, sie betropften sich mit den Talglichtern von oben bis unten, daß es eine Schande war, und der Schweiß strömte von ihren Angesichtern, bis sie endlich in verwegenen Luftsprüngen plötzlich nach allen Seiten auseinanderstoben. Mein armer Professor war dabei unversehens in einen Sumpf geraten; ich sprang herbei und half ihm heraus, aber den einen Schmierstiefel mußte er doch drin steckenlassen.

Die hurtige Zukunft inzwischen ging über umgefallene Oberpriester und Schmierstiefeln unaufhaltsam ihren Gang weiter fort. Ein Mittelgewölk wurde schnell aufgerollt und man übersah auf einmal einen weiten Marktplatz voll der lebhaftesten Geschäftigkeit, von den schönsten Palästen umgeben. Aber die Besitzer der letzteren schienen ausgezogen oder verstorben zu sein; wenigstens erblickte man überall nur Tagelöhner und Fabrikarbeiter, die sich selbst ihre Stiefel putzten, ihre Frauen hingen durchlöcherte Wäsche über die marmornen Fensterbrüstungen zum Trocknen aus, mit den offnen Fenstern klappte der Wind, und von Zeit zu Zeit flogen die Scherben einer zerbrochnen Scheibe den Vorüberwandelnden an die Köpfe. Anderes Volk, als hätte man einen Sack voll Lumpen ausgeschüttet, sonnte sich, behaglich über die Marmortreppen der Paläste hingestreckt. Eine prächtige, mit vier Pferden bespannte Staatskarosse rollte über den Platz; mit Erstaunen sah ich am Wagenfenster den nackten Ellenbogen eines Handwerkers, der aus dem zerrissenen Ärmel sich in der Sonne spiegelte. Hinten auf dem Wagentritt aber standen zwei Kavaliere und blickten im Bewußtsein aufgeklärten Edelmuts stolz von der Höhe herab, zu der ihre starken Seelen sich zu erheben gewußt.

Das Patriarchalische dieses rührenden Völkerglücks wurde nur durch einen betäubenden Lärm auf dem Platze selbst unterbrochen. Da gab's ein Heben, Messen, Hämmern und Klappern. Es waren die Oberpriester und andere Gelehrte, sie bauten eine große Regierungsmaschine nach der neuesten Erfindung des Professors, der sich darauf ein Patent erteilen zu lassen im Sinne führte.

Mitten durch dieses Getümmel aber sah man den Tyrannen in Pantoffeln und Schlafrock, als Landesvater unter seinen Kindern, mit einer langen Pfeife auf und nieder wandeln. Krone und Mantel hatte er unterdes an einem Türpfosten an den Nagel gehängt, mit dem Szepter rührte eine rüstige Schneiderfrau im Kessel den Brei für ihre Gesellen um. Er selbst hatte, des Budgets eingedenk, sogar den Gebrauch eines Hutes verschmäht, um ihn nicht durch vieles Grüßen abzunutzen. Überhaupt schien er es in der Popularität schon ziemlich weit gebracht zu haben, nur faßte er es offenbar noch etwas ungeschickt an. So kostete er zum Beispiel unnützerweise von dem Brei im Kessel und verbrannte sich den

Mund, ja alle zehn Schritte rief er wiederholt: »Où peut on être mieux, qu'au sein de sa famille!« was die Kerls, die kein Französisch verstanden, für eine jesuitische Zauberformel hielten.

Dazwischen gähnte er dann zuweilen wie eine Hyäne, als wollte er seine Untertanen verschlingen. Da wurde dem Professor, der es bemerkte, ein wenig angst. Er suchte seine Aufmerksamkeit auf die neue Regierungsmaschine zu lenken. Aber der Tyrann konnte sich durchaus nicht darein verstehen, die Pfeife ging ihm aus, sein Verstand stand ihm still dabei. Vergeblich sprachen die Oberpriester, erklärend, von Intelligenz, Garantieen, Handels- Rede- Gedanken-Gewerbe- Preß- und anderer Freiheit. »Ja, wenn ich nur etwas davon hätt«, entgegnete der Tyrann, kaltblütig seine Pfeife ausklopfend. Man sah es ihm an, wie er sich bezwang und abstrapazierte, human zu sein, er sah schon ordentlich angegriffen aus von den Bürgertugenden.

Bis hierher war nun alles ganz vortrefflich gegangen. Aber, wie es wohl im Leben geschieht, es gehört oft nur ein kleiner Stein dazu, um in den weisesten Kopf ein Loch zu schlagen. So begab sich's nun auch hier. Der Tyrann, an nichts als an seine Fortschritte denkend, war eben bescheiden zur Seite getreten, um seine Tabakspfeife von neuem zu stopfen, als er plötzlich mit langen Schritten und allen Symptomen langverhaltener Wut, wie ein leuchtendes Ungewitter, wieder hervorstürzte; seine Stirn glühte aus dem bleichen Gesicht, die Augen funkelten, der Schlafrock rauschte weit im Winde das Volk hatte ihm seinen Tabaksbeutel gestohlen! Der Professor, als er ihn so daherfliegen sah, erschrak sehr. »Um Gottes willen!« rief er ihm entgegen, »wie wird Ihnen? woher dieser unverhoffte Rückfall? Sie bringen uns das ganze Stück ins Wackeln!« Die öffentliche Meinung pfiff aus Leibeskräften, das gebildete Publikum pochte in gerechtem Unwillen, die Oberpriester langten in der Angst eine Konstitution nach der anderen aus den Taschen und warfen sie dem Wüterich zwischen die langen Beine, um ihn zum Stolpern zu bringen. Alles vergebens ! Er wollte von Bürgertugend, Popularität und Völkerglück nichts mehr hören, und nahm, wie ein Stier, einen entsetzlichen Anlauf, um die ganze Zukunft umzurennen.

Doch die Konfusion sollte noch immer größer werden. Den Faulenzern auf dem Platze, die sich hier eigentlich durch Selbstdenken hatten empanzipieren sollen, war inzwischen auch die Zeit lang geworden. Was haben sie zu tun? Während die anderen an der Regierungsmaschine arbeiten, nehmen sie ganz wider den Plan des Stückes, heimlich Krone und Purpurmantel vom Nagel holen den Szepter dazu und begeben sich damit ohne weiteres nach der Restauration. Unterweges kriegen sie Händel untereinander, zerreißen sich und ihre Beute, und lassen sich für die Stücke in der Restauration Schnaps geben. Der Wirt, ein anschlägischer Kopf, wie er diese unerwartete Wendung der Staatsaktion sieht, besinnt sich nicht lange, zapft und läßt laufen was er hat, leimt und flickt die Stücke schnell wieder zusammen, legt selber Kron und Mantel an, nimmt das Szepter in die Rechte und führt die freudetrunkene Bande, wie einen Kometenschweif, nach der Bühne zurück.

War nun die Zukunft vorhin schon im Wackeln, so schien sie jetzt ganz und gar in Stücke gehen zu wollen. Derweil die Oberpriester und Schriftgelehrten noch immer beflissen waren, den empörten Tyrannen wieder zu zähmen, ging auf einmal ein Mittelvorhang auf und man erblickte im Hintergrunde den Thron selbst, auf dem soeben der Wirt aus der Restauration sich breit und vergnüglich zurechtsetzte, wie einer, der mit seiner eigenen Pfiffigkeit wohl zufrieden war. Seine ganze Nation drängte sich, taumelte, lag und hing über Stufen und Lehnen des Thrones um ihn her, so daß er gleich zu Anfang von seinem Szepter einen nachdrücklichen Gebrauch machen mußte.

Der Professor und die Seinigen aber standen unten wie angedonnert, sie trauten sich nicht an den unerwarteten Usurpator und feuerten nur aus der Ferne mit wütenden Blicken. Dann traten sie schnell auf die Seite, steckten die Köpfe zusammen, und schienen zu konspirieren. Mit Erstaunen glaubte ich dabei einigemal meinen Namen nennen zu hören, und konnte wohl bemerken, daß sie mich öfters bedeutungsvoll ansahen. Mein Gott, dachte ich, nun kommst du am Ende noch selbst mit in das Stück hinein, und ein heimliches Entsetzen rieselte mir durch alle Glieder. Es dauerte auch nicht lange, so kam der Professor auf mich zugeflogen, riß mir meinen Oberrock vom Leibe und zog mir rasch ein prächtiges Hofkleid an, ein anderer rasierte mich, ein dritter steckte mir einen dicken Blumenstrauß vorn ins Knopfloch ich wußte nicht wie mir geschah. In der Eile erfuhr ich dann: wie sie der Meinung seien, ich als Uneingeweihter bringe hier alles in solche Unordnung durch meine kritische Gegenwart; auch könnte ich wohl, wenn ich morgen vom Blocksberg käme, unten alles ausplaudern. Umbringen wollten sie mich nicht, weil ich der öffentlichen Meinung ausnehmend gefalle; ich mußte mich daher mit der letzteren sogleich vermählen, um ganz der Ihrige zu werden. »Aber das ist ja ein Vergnügen zum Tollwerden!« rief ich auf das heftigste erschrocken aus. »Bah, Kleinigkeit«, fiel mir der Professor in die Rede, »wir alle, die Sie hier sehen, sind schon mit ihr verheiratet.« Mich schauerte bei dem Gedanken dieser ungeheueren Schwägerschaft!

Unterdes waren die anderen Gelehrten dennoch mit dem Volke um den Besitz des Thrones handgemein geworden; darüber bekamen die Prinzipien Luft, die sie in die Regierungsmaschine verbaut hatten. Eins nach dem anderen streckte neugierig den Kopf hervor, und da es so lustig herging draußen, rüttelten und schüttelten sie und brachen den ganzen Plunder entzwei. Da sah man dort einen dürren Paragraphen, dort ein schweres Korollarium, hier einen luftigen Heischesatz aus den Trümmern steigen, und kaum fühlten sie sich frei, so lagen sie einander auch schon wieder in den Haaren und stürzten raufend in das dickste Getümmel.

Nun entstand eine allgemeine Schlägerei, da wußte keiner mehr, wer Freund oder Feind war! Dazwischen raste der Sturm, Besen flogen, tiefer unten krähte der rote Hahn wieder, bliesen die sieben Pfeifer, schrie der Wirt, die Bühne suchte die alte Freiheit und rührte und reckte sich in wilde Nebelqualme auseinander, ein entsetzliches übermenschliches Lachen ging durch die Lüfte, der ganze Berg schien auf einmal sich in die Runde zu drehen, erst langsam, dann geschwinder und immer geschwinder mir vergingen die Gedanken, ich stürzte besinnungslos zu Boden.

Als ich die Augen wieder aufschlug, lag ich ruhig in dem Gasthofe »Zum goldenen Zeitgeist« im Bett. Die Sonne schien schon hell ins Zimmer, der fatale Kellner stand neben mir und lächelte wieder so ironisch, daß ich mich schämte, nach dem Professor, dem Pegasus und dem Blocksberg zu fragen. Ich griff verwirrt nach meinem Kopf: ich fühlte so etwas von Katzenjammer. Und in der Tat, da ich's jetzt recht betrachte, ich weiß nicht, ob nicht am Ende alles bloß ein Traum war, der mir, wie eine Fata Morgana, die duftigen

Küsten jenes volksersehnten Eldorados vorgespiegelt. Dem aber sei nun wie ihm wolle, genug: »Auch ich war in Arkadien!«